없음

정태성 시집 세 번째

도서출판 코스모스

······ 머리말

어느덧 세 번째 시집을 내게 되었습니다. 아무 생각 없이 쓰기 시작했던 것이었는데 시를 쓰는 동안 마음이 편해졌습니다. 이제는 삶의 일부가 된 듯 합니다. 편하게 욕심 없이 저의 마음을 모았습니다.

무더운 여름이 이제 다 지나가고 선선한 바람이 불기 시작합니다. 이번 여름도 너무 많은 일들이 있었습니다. 힘들었고, 외로웠고, 아프기도 했지만, 웃으려 하였습니다. 시를 쓰며 웃을 수 있었습니다. 저에게 위로가 되어 주었고, 힘이 되어 주었습니다. 부족하지만 함께 하고자 합니다. 편하게 읽어주시기 바랍니다.

2021. 9.
초가을 문턱에서
지은이

차례

없음

없음은
깨달음입니다

나로부터
없어야 합니다

생각으로부터
자유로워야 합니다

이쪽이나 저쪽으로
치우치지 않습니다

집착하지 않습니다
주장하지 않습니다

고통을 벗어납니다
행동하지 않습니다

보이는 대로 보고
있는 그대로 받아들입니다

모든 것이 없음으로
모든 것이 사라집니다

그것이
없음입니다

기대는 곳 없이

어디에도 기대지 않고
나 홀로 가리라

많은 것을 내려놓고
그냥 가리라

지나온 것 다 잊고
빈손으로 가리라

같이 갈 사람 없어도
터벅터벅 가리라

기대는 곳 없이
꿋꿋이 가리라

쓸쓸한 봄

산길을 따라 걸었다

따뜻한 봄이라
햇살을 느끼고 싶었다

아직 겨울의 끝자락인 듯
봄은 완연하지 않고

찬란한 봄은 언제 오려나
겨울의 시샘은 아직 끝나지 않고

쓸쓸한 봄
나 혼자 산길을 걸었다

시절인연

모든 것은 때가 되어야 하리니

더 기다려야 하기도 하고
이미 지나가기도 하였으니

너무 애태울 필요도
너무 미련 가질 필요도 없으리

흘러가다 보면 만나고
흘러가다 보면 헤어지리

억지로 되는 것 없으니
때가 이르지 않았으리

오늘 이루어지는 것도 있으니
시절 인연이었음이라
그 인연이 가장 아름다움이더라

나라는 감옥

내 스스로 나 자신을
감옥에 가두고 있는지도

행복할 수 있는데
불행의 감옥 속에

즐거울 수 있는데
즐겁지 않음의 감옥에

감사할 수 있는데
불평의 감옥에

만족할 수 있는데
불만의 감옥에

사랑할 수 있는데
미움의 감옥에

기쁠 수 있는데
우울함의 감옥에

자유로울 수 있는데
억압의 감옥에

평안할 수 있는데
불안의 감옥에

내가 스스로 만들어 가는 감옥이
나의 모든 것을 구속할지도

나의 나됨과
나의 비움이
모든 쇠창살을 없애버리리
그 모든 것에서 해방되리라

미소

언제부터일까
그 미소를 보게 된 것은

바라만 봐도 좋고
생각만 해도 좋아라

나를 바라보는 미소엔
세상이 다 들어있어라

맑고 깨끗한 눈망울
한없이 나를 보며 짓는 미소

더 이상 무엇을 바라랴
그 미소로 모든 걸 다 잊네

그를 찾아서

이 마을에서 저 마을로
이 산에서 저 산으로

황야에서 황야로
광야에서 광야로

발바닥은 부르트고
다리는 부어올라

더 이상 갈 수 없도록
그를 찾아다녔네

기진맥진하고 너무 지쳐
하늘을 바라보니

석양의 노을
황혼의 햇살
그를 찾는 여행은
이제 끝이 나려나

마음의 성역

마음의 성역을 범하는 자
그 누구인가

가장 커다란 상처를
주는 자 누구인가

용서받지 못할지도
돌이킬 수 없을지도

마음만은 지켜줘야 하건만
끝까지 지켜줘야 하건만

그 성역을 범하는 자
그 누구란 말인가

그의 슬픔을 보아라
그의 아픔을 보아라

혼자 지키다 쓰러진
그의 불쌍한 모습이여

나에게 찾아와

내 마음의 빈터에
어느 날 찾아와
예쁜 꽃을 피워 주었네

내 영혼의 빈터에
힘들 때 다가와
위로가 되어 주었네

내 마음의 빈터는
황량했을 텐데

내 영혼의 빈터는
메말랐을 텐데

꽃피고 나비 날아드는
내 마음과 영혼이여
이제 영원한 봄날이어라

이제는 제 차례

그 많은 세월을
한결같이 애쓰셨으니
얼마나 힘드셨을까요

속이 상한 적도 많고
애가 타도 참아야 했고

걱정하느라 잠도
이루지 못하고

몸을 아낄 새도 없어
아프지 않은데도 없고

쓰고 싶은 것도
자식 생각하느라
마음껏 쓰지 못하고
가난과 어려움의 시대를
하루하루 버티며

저희를 위해 희생하셨으니

이제는 제 차례입니다
당신을 위해
저의 모든 것을
다 쏟아부어야 할 때입니다

함께 했으니

모든 것을 보았습니다
좋은 모습도
나쁜 모습도

모든 것을 느꼈습니다
사랑과 아픔과
절망과 희망을

모든 것을 겪었습니다
고통과 극복과
기쁨과 슬픔도

모든 것을 같이 했으니
많은 세월을 함께 했으니
너무나 행복합니다

충분하리

내가 원하는 걸 얻지 못해도
다른 것으로 충분하리

내가 하고 싶은 것을 하지 못해도
다른 것을 해도 충분하리

내가 만나고 싶은 사람을 못 만나도
다른 사람으로 충분하리

내가 찾는 것을 찾지 못해도
다른 것으로 충분하리

다른 것은 필요 없네
지금 있는 것으로 충분하리

행복할 수 있네

행복이란 무엇일까
어떻게 사는 것이 행복일까
나는 행복할 수 있을까
행복하기 위해 무얼 해야 할까

행복을 생각만 하였네
행복을 찾으려만 다녔네
행복하려 노력만 하였네

지금 행복할 수 있는 걸
아무 조건도 필요 없는 걸
충분히 행복할 수 있는 걸

행복은 찾는 것도
어떤 조건이 필요한 것도 아님을
이제야 알았네

그냥 행복하면 되는 것을
지금 행복하면 되는 것을
아무것도 없어도 행복할 수 있는 것을
이제야 알았네

행복은 지금 여기에 있네
이제 무슨 일이 있어도
행복할 수 있네

완벽하지 않아도

완벽한 사람은 아무도 없으니
완벽은 의미 없어

완벽해 보이는 건
어쩌면 착각일 뿐

완벽을 위한 시간도
완벽을 위한 노력도
어쩌면 허상을 위한 것일 뿐

완벽하지 않아도 괜찮으리
조금 모자라도 문제없으니

완벽하지 않아도 의미 있으리
과정이 있었으니
어쩌면 그것이 진정한 길일지도

그럼에도 불구하고

어떤 모습이건 상관없습니다

다른 사람에게 자랑할 것도
주목을 받을만한 것도
가지고 있는 것도
아무것도 없는지도 모릅니다

장점보다는 약점이 더 많고
좋은 점보다 나쁜 점이 더 많고
평범하지도 상식적이지도 않습니다

하지만 있는 그대로의
그 모습을 포용하려 합니다

다른 사람들에게는 어떤지 모르지만
나에게는 소중한 사람이기 때문입니다

그냥 옆에 있는 것으로 충분합니다
더 이상 바라지 않습니다

할수 있는 것만

많은 것을 할 필요도
커다란 것을 할 필요도
없으리

내가 할 수 있는 것만
해도 충분하리

나의 능력 밖의 일은
나의 일이 아니니

할 수 있는 것에만
집중하리

모든 것을 다 할 수는 없으니
할 수 없는 것은 과감하게
내려놓으리

내가 할 수 있는 것이
주어졌다는 것에
충분히 만족하리

기다릴 수 없어

더 이상 기다릴 수 없어
이별을 고합니다

삶은 만나고 헤어지는
연속일 뿐

영원한 만남도
영원한 이별도 없습니다

기다리기엔 너무나 많은
시간이 흘렀습니다

기다림의 기쁨도
기다림의 아픔도
이제는 끝인가 봅니다

그렇게 기다림을 끝내고
이제는 떠나렵니다

길은 있다

사방이 막혀 있는 듯
어디로 가야 할지

사방이 절벽인 듯
한 발조차 내딛기 두려워

마음의 문을 열고
마음의 눈을 떠야 하리

모든 일에는 길이 있으리

마음으로 그 문을 열어
그 길을 다시 가리라

너는 어디에 있는가

그렇게 찾아 헤매었건만
너는 어디에 있었는가

그렇게 오래 기다렸건만
너는 어디에 있었는가

이제는 나타날 때도 되었건만
언제까지 애타게 할 것인가

밤 깊어 곧 새벽이 오리니
너는 지금 어디에 있는가

동트기 전 달려와 다오
네가 어디에 있을지라도

숲으로

나 이제 숲에서 살리라

새 지저귀고 인적 없는
푸른 숲에서 살리라

모든 인연을 끊고
가진 모든 것을 버리고
숲으로 가리라

자연과 벗하며
모든 회한을 접으리라

조용하고 소박하게 살 수 있는
그런 푸른 숲으로 가리라

그 사람

진정으로 만나고 싶은
마음 깊이 자리 잡은
그리운 사람이여

어떤 일이 있어도
무슨 일이 생겨도
끝까지 옆에 있을 사람이여

시간이 흘러도
많은 일을 겪어도
결코 변치 않을 사람이여

탓하지도 않고
변명하지도 않고
묵묵히 받아주는 사람이여

광야 같은 세상을
함께 걸어가며 의지할
나의 사람이여

가까우면

너무 가까이 오지 말기를
더 가까워지면 곧 멀어지리니

편안하고 자유롭고
안정된 그 거리에

항상 그 자리에
멀어지지도 않고
가까워지지도 않은 채

그 궤도를 유지하며
오래오래 함께 하길

가까운 것보다
오랫동안 함께 하기를

스스로를 위해

허위허위 달려온 시간들
이제 그대를 위하여
쉴 때가 되었으니

태양의 뜨거운 열기와
휘몰아치는 폭풍우 지나
이제 쉴 수 있는
저녁이 되었으니

방황했던 젊은 날의 시절도
뜨겁게 불살랐던 열정도
이제는 내려놓고
편히 지낼 때가 되었으니

다른 이를 위한 삶도
이제 다 끝나가니
그대 스스로를 위한
시간이 되었으니

별 빛 바라보며
창밖의 빗소리 들으며
예쁜 꽃을 볼 수 있는
때가 되었으니

이제 그대 스스로를 위해
아름다운 음악을 들으며
편안히 쉴 수 있는
저녁이 되었으니

빛 속으로

그 깜깜한 암흑 속에서
어디선가 한 줄기 빛이 내려와
나의 마음에 비추니

아직은 어둠에 갇혀
주위를 벗어날 수 없으나

희망과 기쁨과
밝은 그곳이 내게 보이니

언젠가 어두움은
하나씩 물러나고

그 환한 빛의 속으로
나의 맘까지 밝아지는
그 세상 곧 오리니

얽힘

이것이 있었기에 그것이 있고
그것이 있기에 저것이 있으리

이것이 없었으면 그것이 없고
그것이 없으면 저것도 없으리

나로 인해 그 사람이 아프고
그 사람이 아프기에 다른 이도 아프네

나로 인해 그 사람이 기쁘고
그 사람이 기쁘기에 다른이도 기쁘네

그로 인해 내가 즐겁고
나로 인해 다른 이도 즐겁네

삶은 어쩌면 모든 얽힘이니
얽힘은 또 다른 얽힘을 만드네

아이리스

가운데는 노랑
주위는 파란 빛깔 보라

예쁜 꽃 밑으로
부드럽지만 단단한 줄기

그 안에 생명의 수맥이 흐르네

홀로 된 아이리스
아픔과 슬픔도 잠시일 뿐
좋은 소식이 오리니

푸른 하늘 아래로
그윽하고 은은한 향기와 함께
곧 좋은 소식이 오리니

평안함

가야 할 길이 어느 길일지라도
앞으로 무슨 일이 생길지라도
이제는 평안히 갈 수 있으리니

더 이상 추구할 것도
더 이상 원하는 것도
더 이상 바라는 것도
이제는 하나도 없으니

마음의 괴로움도
이루지 못함의 안타까움도
많은 비애와 아쉬움도
이제는 다 내려놓으니

나의 마음과 영혼은
평안하기만 하네

쉬어야 할 때

쉬어야 하는 게 어쩌면
더 중요할지 모르니

지나간 날들 쉼 없이 달려왔건만
왜 또 달리려고만 하는가

쉬지 않고 달리다 보면
힘들고 고통스러운 것을

아무리 빨리 많이 달려도
별 차이 없는 것을

무엇을 위하여 앞만 보고
달리는 것인가

쉬는 것이 더 중요할지도
이제는 진정 쉬어야 할 때니

누군가는

누군가는 알아주겠지

한 눈 팔지 않고
열심히 살아온 것을

힘들어도 포기하지 않고
절망하지 않았던 것을

나에게 주어진 일들을
피하지 않았음을

어려웠던 일도
하나하나 넘어온 것을

상처 받고 아프게 한 사람도
다 용서했음을

누군가는 알아주겠지

그 모든 것을

의지는

미래는 두려워할 필요도
현재가 미래 일수도

의지대로 안 되는 것이
훨씬 더 많으니

의지는 세상이 아니리

현재를 의미 있게 지내면
그것으로 충분할 뿐

미래는 현재를
사는 것으로 충분하리

미래는 현재로 인해
바뀔 수 있을 뿐

의지로부터 자유
거기에 미래가 있으리

계속되기를

희망의 날들이 계속되기를
절망은 잠시만 머무르고

기쁨의 날들이 계속되기를
슬픔은 잠시만 머무르고

행복의 날들이 계속되기를
불행은 잠시만 머무르고

즐거움의 날들이 계속되기를
아픔은 잠시만 머무르고

사랑의 날들이 계속되기를
미움은 잠시만 머무르고

밝은 날들이 계속되기를
어두움은 잠시 머무르고

이것이 꿈이라도 할지라도
그냥 그렇게 계속되기를

존재 자체로

어떤 모습이건
상관없지요

무슨 일을 해도
괜찮습니다

그냥 존재 자체로
아름다울 뿐입니다

더 이상 아무것도
바라지 않습니다

내 옆에 오래오래
있기만 하면 됩니다

귀 기울여 봐도

밤이 깊어갑니다

누군가 왔다가
그냥 가는 것인지
발자국 소리만 들렸습니다

가까운 곳에서 들렸는데
멀어져만 갑니다

다시 그 소리가 들리기를
기다려 봅니다

아무리 귀를 기울여도
그 소리는 다시
들리지 않습니다

영영 돌아오지 않을 것인지

그 소리가 들리길
아무리 기다려 봐도
다시 들리지 않습니다

그 소리가 들리길
귀 기울이다 보니
새벽이 오고 있습니다

그 소리는 이제
아주 들리지 않을 듯합니다

바람꽃

바윗틈 사이로 피어난
한 줄기 바람꽃

그 험한 길을 뚫고 태어난
생명력이여

가냘픈 한 줄기의 꽃이건만
모든 장애물을 다 이겼네

수많은 어려움을 뚫고
태어난 너의 생명아

너의   그 모습이
나에겐 희망이어라

저 너머

푸른 하늘 저 너머에
무엇이 있을지

밤하늘 저 별 너머는
어떤 세상일지

마음의 바다 너머엔
누가 있을지

이 세상 너머는
어떤 모습일지

오늘도 내 마음이
그 너머를 보고 있네

그리움의 자리

조용했던 자리
깨끗했던 자리

있는 듯 없는 듯
관심을 받지는 못하지만
선했던 자리이길

왔었는지 모르고
떠나간 것도 모르는
고요했던 자리이길

흔적 없던 그 자리가
그리움의 자리이길

이 잔은 내 잔이니

왜 아무 생각도 들지 않는 걸까
그냥 담담하기만 할 뿐

피하고 싶은 마음도 없고
도망치고 싶은 마음도 없네

이젠 너무 익숙해진 걸까
내가 둔해진 걸까

이 잔을 나에게서 옮기고 싶지도 않고
다른 데로 피하고 싶지도 않네

힘든 날들을 사랑할 필요도 없네
이젠 그것이 일상이 된 것인 듯

앞으로만

과거에 얽매일 필요도 없네
다 지나갔으니

지금의 나와는 상관이 없으리

과거의 나를 버리리
새로운 나의 모습으로

무거운 짐 다 벗어버리고
가벼운 발걸음으로
앞으로 나아가기만 하면 되네

아름다운 시간이 다가오네
새로운 날들이 기다리고 있으리

바람처럼

가면 가는 대로
오면 오는 대로

바람처럼 자유롭게
나의 길을 가련다

어디에 걸리지도 않고
어디에 붙들리지 않은 채

높은 곳이건 낮은 곳이건
나의 길을 가련다

어디로 가야 할지
어디에 머무를지 모르나

가진 것 모두 버리고
나의 길을 가련다

쉰다는 것

오늘은 아무것도 하지 않으리

내가 살아있음만 느끼고
예쁜 봄 꽃을 보고
비에 젖은 주위를 산책하고
오랜만에 낮잠도 자고
먹고 싶은 간식을 먹고
아무 생각도 없이
그렇게 지내리

쉼 없는 삶이 얼마나 슬픈 건지
이제야 알았네

나에게 편안하게 쉬라고
했던 사람은 누구였을까?

그런 말을 들어본 기억이 없네
내가 나에게 얘기해주고 싶네

이제 그만 쉬라고

그만한 이유가

그에게는 그만한 이유가 있었네
말할 수 없는 이유가

혼자 해결할 수밖에 없었음을
그 아무도 알아주지 않았네

함께 있어주기라도 할 걸
이야기를 들어주기라도 할 걸

혼자서 애쓰느라 얼마나 힘들었을까

그의 그 짐을 나누려는 자도 없었네
모든 이가 무관심했네
그의 무릎이 꺾일 때야 비로소
알게 되었네

그의 시간이 얼마 남지 않았음을

행복은 이미

많은 사람들이 생각하는
행복은 어쩌면 욕심일 뿐

원하는 것을 얻어도
바라는 것을 가져도

다른 더 큰 것을
잃는다는 걸
알지 못하네

얻으려다 잃고
가지려다 사라지리
행복은 바라는 것도
원하는 것도 아니리

행복은 내가 있음으로
나의 마음 안에 이미 있었네

아무도 없네

여기가 어딘지 알 수가 없어
어떻게 여기까지 오게 된 걸까

사방은 어두워 볼 수도 없고
주위는 온통 고요함만 흐르네

낯선 공간에
익숙한 건 하나 없어

아무 생각 없이 헤치고 나갈 수밖에
어떤 일이 있을지 알 수 없지만

아무도 없는 시공간이
어쩌면 나의 고향일지도

이제는 어려움이

힘들고 어려운 것을
피하고 싶었네

무거워 감당이나 할 수 있을지
자신도 없었네

하지만 그것은 나의 운명이란 걸
이제는 알게 되었네

도망칠 수도 피할 수도 없는
나의 운명이었네

삶은 어쩌면 어려움의 연속일지도
이제는 어려움을 당연히 받아들이네

이제는 어려움이 겁나지 않네
아무도 같이 하지 않지만

나는 나의 운명을 받아들이리
이제는 어려움이 어렵지 않네

새가 되어

새가 되고 싶어

마음껏 하늘을 날아
가고픈 곳으로
마음껏 가고 싶어

높은 곳으로 올라가
볼 수 없었던 것도
보고 싶어

바람을 타고
어떤 방해도 없이
자유로이 가고 싶어

아무도 없는 곳을 찾아
그곳에 홀로 앉아
따스한 햇살을 받고 싶어

구름 위에서
눈부신 태양 속으로
훨훨 날아가고 싶어

그와 함께

그가 옆에 있기에
나는 행복합니다

그와 함께 하기에
외롭지 않습니다

그와 같이 가기에
힘들지 않습니다

그와 나눌 수 있기에
아깝지 않습니다

그와 꿈을 꾸기에
희망이 있습니다

그와 함께 하는 시간은
아름다울 뿐입니다

내 옆에

지금
내 옆에
같이 있는 사람

부족한 나를
포용해 주는 사람

함께 시간을
보낼 수 있는 사람

안 맞아도
맞추려 노력하는 사람

그렇게
세월을 함께하는 사람

그 사람이
진정한 나의 사람 이리니

세월은

세월은
그렇게 흘러
여기까지 왔다

세월은
이제 흘러
어디로 가는 걸까

세월아
이제는
미소라도 지어주렴

새벽 별

함께했던 시간도 사라지고
추억도 이젠   희미하네

따뜻했던 마음도 사라지고
그리움도 이젠 남아있지 않아

모든 것이 그렇게 사라지니
텅 빈 마음은 어찌해야 할까

깊은 밤 잠은 오지 않고
새벽별만 빛나고 있네

상처

타인으로 인한 상처로
아파하지 말자

타인은 나에게
잔인할 뿐이었으니

기대도 버리고
희망도 꺾어라

돌이킬 수도 없고
치유받을 수도 없으니

훨훨 떠나보내고
과감하게 잊으리

불행

내가 원했던 것도 아닙니다
비켜 가기를 바랬습니다

하지만 다가오는 걸 어찌합니까
그래서 삶은 잔인한지도 모릅니다

아무리 가까운 사람이라도
나의 불행을 나눌 수는 없습니다

어차피 내가 짊어져야 합니다
그래서 삶은 고독한 것인가 봅니다

상관없이

그의 아픔의 크기와 상관없이
그가 처한 상황과 상관없이

그를 위한 것이라면
나의 모든 것 다 버리고
그와 함께 하렵니다

나에게 주어진 시간이 얼마인지
나의 능력이 얼마인지
나는 알 수 없으나

모든 것 상관없이
그의 옆을 지키며
그를 외면하지 않으렵니다

부족한데

즐겁게 지낼 시간도 부족한데
재미있게 보낼 시간도 부족한데

언제까지 아파하고 있을 것인지

행복하게 지낼 시간도 없는데
기뻐하면   보낼 시간도 없는데

언제까지 걱정하며 지낼 것인지

웃으며 지내기에도 부족한데
즐기며 보내기에도 부족한데

더 이상 힘든 건 시간 낭비일 뿐이네

받아들임

있는 그대로
지금 그 모습으로
다 받아들이리

과거가 어떻건
현재가 어떻건
모두 다 수용하리

나의 맘은 텅텅 비어
아무것도 없으니

어떤 것이 들어와도
아무런 문제가 없네

겪었던 그 고통에서 자유롭기를
앞으로의 걱정에서 편해지기를

삶은 존재함으로 족하니
모두 다 받아들이리

돌봄

잠시 멈추어 생각해 봅니다

왜 나는 나를 돌보지 않았을까요
무슨 이유로 그렇게 살았을까요

누가 알아주는 것도 아닌데
누가 고마워하는 것도 아닌데

이제 무거운 짐을 떨치고
스스로 나를 돌봐야 할 때인가 봅니다

하고 싶은 거 하며 살으렵니다
여유 있게 살으렵니다

가고 싶은데도 가고
먹고 싶은 것도 먹으며

이제 나를 돌보렵니다
그 시간도 그리 많지 않은 것 같아요

내려놓고

나의 삶을 내가 책임지지 않으리
나의 인생도 내가 가지 않으리

그냥 다 내려놓고
모든 걸 다 맡기리

다 내려놓으니
두려울게 하나 없네

다 맡겨버리니
겁날 것 하나 없네

한 치 앞을 볼 수 없을지라도
거리낌 없이 갈 수 있네

이제 가야 할 길은
가볍고 자유로우리

해방

나는 이제 나로부터 해방되었네

나의 인식은 필요 없고
나의 욕망도 사라졌으니

나는 자유의 날개로
저 너머의 세계로 날아가리라

나의 나됨과도
나의 있음과도
이제 작별을 고하리니

나는 이제 해방의 기쁨으로
저 하늘만 바라보리라

후회하면 어때

누구나 인생은 처음 사는 것
두 번 사는 사람 없으니

아무것도 안 하는 것보다
무엇이든 해보는 것이 나으리

해보고 후회해도 괜찮아
그게 인생 아닐까

실패해도
실수해도 괜찮아

지나면 다 추억일 테니

언젠가

언제가
그날은 오겠지

마음 편히 쉴 수 있고
마음껏 웃을 수 있는 날이

언젠가
그날은 꼭 오겠지

모든 것으로부터 자유롭고
모든 것을 사랑할 수 있는 날

행복은

행복은 한순간

절대적 행복도
영원한 행복도 없으니

행복은 언제나

어제도 오늘도
내 곁에 있었으니

놓아주어야

나를 잡고 있는 것을
모두 놓아주어야

어떤 집착이나 욕심도
미련이나 후회도

스쳤던 인연도
함께했던 시간도

마음 아팠던 절망도
혹시나 모를 희망도

힘들었던 아픔과 상처도
극복했던 역경과 시련도

이제 모두 다 놓아주어야

만남은

만남은 희망입니다

오늘을 살아낼 수 있고
내일을 살아갈 수 있는
그러한 용기와 기운을 주기에

만남은 평안입니다

힘든 시간을 이겨낼 수 있고
마음의 상처를 치유받을수 있는
마음의 안정을 주기에

만남은 기쁨입니다

있는 모습 그대로 받아주고
내가 살아있음을 느낄 수 있는
아름다운 순간을 주기에

내일은

내일은 오늘보다
조금 더 행복할 수 있기를

내일은 오늘보다
조금만 더 기쁠 수 있기를

내일은 오늘보다
조금만 덜 아플 수 있기를

내일은 오늘보다
조금만 덜 힘들지 않기를

공(空)

비어 있기에 채울 수 있다
채워져 있기에 비워야 한다

끝이 있기에 잡을 수 있고
끝이 없기에 잡을 수 없다

어쩔 수 없으니 버려야 하고
어쩔 수 있으니 취해야 한다

내 것이 아니니 주어야 하고
내 것이 없으니 받아야 한다

가야 할 것은 가야 하고
오는 것은 와야 한다

벤치

벤치에 나란히 앉아
같이 앞을 바라봅니다

지나온 세월을
얘기하며 손을 잡아봅니다

좋은 일도 있었고
힘든 일도 있었습니다

푸르른 하늘을 같이 보며
같은 하늘 아래 있음을 감사했습니다

이제 벤치에 같이 앉아 있을 시간이
얼마나 남아 있을까요?

시간이 빨리
흐르지 않기를 바랄 뿐입니다

헛되지 않네

당신이 살아온 인생
그래도 헛되지 않으니

후회할 필요도 없고
아쉬워할 필요도 없네

나름대로 선택을 해
최선을 다한 것
잘 알고 있으니

속상해 하지도
슬퍼할 필요도 없네

남은 시간은
더 행복하고
더 즐겁게   보내기만 했으면

인생은

인생은
절망이 아닌 희망으로
부정이 아닌 긍정으로

삶은
어쩔 수 없음이 아닌 의지로
슬픔보다는 기쁨으로

여정은
방랑이 아닌 여행으로
목적이 아닌 과정으로

마지막은
아쉬움이 아닌 환희로
후회가 아닌 만족으로

따로 그리고 같이

모든 걸 같이 하려고만
마음도 같은 줄로만
시작도 끝도 함께 하려고만

조금이라도 같이 할 수 있다면
마음이 조금 다르더라도
시작과 끝이 일치하지 않아도

따로 그리고 같이
마음 아프지 않게
오래도록

7월의 산

짙푸른 봉우리
울창한 나무 숲

강렬한 태양 아래
공기마저 뜨겁고

바람도 불지 않고
구름 하나 없는
7월의 산을

그렇게 오르고
또 올랐다

우연

우연이 만났지만
우연이 아니었다

아무것도 없었지만
무언가가 있었다

기다리지 않는 듯해도
다시 기다려진다

말도 통하지 않지만
소통할 수 있다

멀리 있는 듯하나
가까이 있다

어디서 어디로

나는 어디에서 왔다가
어디로 가는 것인가

그저 없음에서 왔다가
없음으로 가리니

지금은 잠시
있음일 뿐이라

가득 채워봐야
어차피 비워지리니

시간이 갈수록
채우려 말고
비워가야 하리라

마음도 비우고
생각도 비우며

내 자신 모든 것을
다 비워야 하리

모든 것을 다 비워
마음도 가볍고
영혼도 가볍게 하여

이 세상 울며 나왔지만
아니온 듯 다녀가리라

내 생은 단지
없음에서 있음으로
있음에서 됨으로
됨에서 없음일 뿐이니

고요함

너무 생각이 많아서
너무 할 일이 많아서
고요함을 잃었네

목표만 바라보느라
정신없이 살아가느라
고요함을 잃었네

고요함을 잃으니
삶도 잃어가는 것은 아닌지

고요함을 잃으니
자아도 잃어가는 것은 아닌지
고요함을 찾기 위해
다시 나를 찾기 위해
그리고 삶을 찾기 위해
나의 마음을 비우리

목표

삶의 목표를 향해
무던히도 달렸네

달리다 넘어지면
다시 일어나 달리고

힘에 겨워도
숨이 차 올라도
인내하며 달렸네

목표를 이루고 났더니
정말 별 것 아니었네

그 목표를 이루느라
잃은 것도 많았네

이제 나에겐 목표가
남아 있지 않네

목표가 있건 없건
의미가 있기를 바랄 뿐이네

<u>그 도</u>

그도 나와 같이
사랑받고 싶었다

그도 나와 같이
기뻐하고 싶었다

그도 나와 같이
행복하고 싶었다

이제라도 그에게
나의 사랑을 보낸다

어디서건 그냥
기쁘고 행복하길 바란다

눈물이 흐릅니다

그렇게 힘들게 내게로 왔습니다

내게로 온 그날은
내 생애 가장 기쁜 날이었습니다
가장 행복한 날이었습니다
너무 기쁘고 행복해서
나도 모르게 눈물이
하염없이 흘러내렸습니다

그 행복이 영원할 줄 알았습니다
그 기쁨이 평생 갈 줄 알았습니다

하지만 그 기쁨과 행복은
그리 오래가지 못했습니다

모두 저의 잘못입니다
모든 것이 저의 책임입니다

이제 모든 것을 내려놓으려 합니다
집착도, 욕심도,
그 모든 것을 이제 내려놓으렵니다

부디 건강하기만을 바랍니다
이제 내가 필요 없으니
나로부터 자유롭게
부쩍 더 성장하길 바랍니다

하지만 눈물이 흐릅니다
더 많은 것을 줄 수 있었는데
더 많이 사랑할 수 있었는데
그러지 못해 마음이 아플 뿐입니다

이 눈물은 언제나 마를까요?
아마 내가 이 세상을 떠날 때까지
마르지 않을 것 같습니다.

너 대신

너 대신 아프고
너 대신 괴롭고
너 대신 힘들며
너 대신 외로우며
너 대신 눈물을 흘리리니

나 대신 평안하고
나 대신 실컷 웃고
나 대신 사랑받고
나 대신 행복하며
나 대신 축복받기를

다만 잊지 않기를
그 먼 훗날까지도

내 마음속의 네가 있었다는 걸

마음을 잃어

나의 마음은 어디로 갔는가
찾아도 찾을 수 없네

마음이 사라지니
나도 사라진 듯

아무것도 할 수 없고
모든 걸 잃은 것 같아

허공에 뜬 달도 아닐진대
공중에 떠 다니는 듯

마음을 잃어 말도 사라져
말하고 싶어도 할 수가 없네

찾을래야 찾을 수 없고
기다려도 돌아오지 않으리

있는 그대로

그러려니 하려 합니다
너무 바라지도 않구요

속아 주기도 하렵니다
많은 기대도 하지 않구요

더 좋은 모습이면 좋겠지만
그래도 괜찮습니다

가끔씩 가슴이 철렁하지만
아무것도 아니었네요

하루하루 지나다 보면
무언가가 쌓이겠지요

지금 그 모습 그대로
있는 그 모습 그대로

그냥 웃고 지내렵니다

한 줄기 햇살

창문 사이로
한 줄기 햇살이

추위는 물러가고
따뜻한 기운이

얼어붙었던 대지엔
새로운 생명이

아무것도 없던 가지엔
파릇한 나뭇잎이

웅크렸던 마음엔
자유로움이

절망과 희망

절망과 희망은 함께 있는 것

바라볼 것이 없을지라도
더없이 극한 상황일지라도

이유를 잃었을지라도
목표가 사라졌을지라도

새로운 이유와
또 다른 목표가
곧 다시 오리니

주저앉기보다는
일어서야 하리

바로 그 앞에
희망이 자리하리니

들어왔다 나가고

내 마음으로
많은 것이 들어오고

다시 내 마음에서
많은 것이 나가고

그동안 수많은 것들이
나의 마음속으로
들어왔다 나갔네

들어오려다 문 밖에서
서성이다 간 것도 있고

들어왔다 잠시만
머무르다 떠나기도 했네

들어왔다 한참이나
머물다 간 것도 있었네

빨리 떠나기를 바랐던 것도 있고
오래 머물기를 원했던 것도 있네

하지만 그 모든 건
내 맘대로 되지 않았네

앞으로도 내 마음은
많은 것들을 들이기도 하고
보내기도 할런지

이젠 많은 것들이
오고 가지 않았으면

이제 들어와서 나가지 않고
영원히 머물렀으면

내가 있는 곳

있어야 할 곳이었나
있고 싶었던 곳인가

내 의지의 자유를 따라
머무를 곳이었던가

존재의 의미를 부여하는 곳인가
의무의 다함을 위한 곳일까

내가 있어야 할 곳이 아니었나
헤매다 말 곳이었나

이젠 갈 수 있는 곳도 없고
어디건 가기에도 벅차

지금 내가 있는 이곳
내게 남겨진 이곳
지금 여기 이 자리에
자유와 행복이 영원하기를

버리고 떠나련다

미련 없이 떠나련다
다 버리고 떠나련다

후회도 없이
고민도 없이
생각할 것도 없이
다 버린다

가지고 있어 봐야 소용없고
애착도 사치일 뿐

어떤 것에도 연연해하지
미련도 남아 있지 않다

버리니 자유롭다
다 버리니 나도 없다

모든 것은 흘러갈 뿐

모든 인연은 스치는 것
언젠간 헤어지리

나에게 온 모든 것도
시간이 지나면 사라지리

지금 가지고 있는 소중한 것도
때가 되면 나를 떠나리

내가 믿고 있는 현재의 신념도
언젠간 변하고 바뀌리니

변하지 않는 것은 없으니
마음의 감정도 덧없어라

무상은 염세도 아니요
덧없음도 아니며
어쩌면 진실 그 자체 이리

모든 것은 변하니
집착할 필요도
소유할 필요도 없으리

자아에 대한 집착부터
타자에 대한 집착까지
모든 것을 끊어내리

모든 것은 욕망의 대상이 아닌
그 자체의 존재일 뿐

모든 것은 다 변하고
다 그렇게 흘러가리

눈물

괜찮다고 하지만
괜찮지 않음을 알기에

힘들지 않다고 하지만
힘든 걸 알기에

나를 보고 미소 짓지만
속으로 울고 있기에

아프지 않다고 하지만
많이 아픈 걸 알기에

필요한 게 별로 없다 하지만
많은 게 필요한 걸 알기에

이제 다 왔다 하지만
아직 갈 길이 멀기에

그저 눈물이 납니다

그 눈물 언제나 멈출지
알 수가 없기에

더욱 눈물이 납니다

완벽

완벽은 헛된 꿈에 불과할지도
바라지도 생각지도 않으리

불가능을 가능이라 착각하는 것일 뿐
아무런 의미도 없는 몽상일 뿐

스스로 완벽하려 함을 포기하리
그런 의지도 꿈꾸지 않으리

안되면 안되는 대로
거기에 만족해도 충분하리

나대로

쳐다보는 것도 없습니다
바라는 것도 없습니다
원하는 것도 없습니다

그냥 나대로 살 것입니다

내가 좋아하는 것을 위해
내가 지금 있는 그대로의
나의 모습으로 살 것입니다

부족한 것도
부끄러운 것도
모자라는 것도 있지만

지금 나의 모습이
진정한 나입니다

나는 나대로

지금의 나를 사랑하며
지금의 나를 위하여
지금 여기에서
자유롭게
어떤 것에 구애받지 않고
그렇게 살겠습니다.

낯선 곳

여기는 아직 경험한 적 없는 곳
전에 한 번도 와 본 적이 없던 곳

정신적으로 낯선 새로운 영역
감당할 수 있을지 모를 영역

갑자기 불쑥 나타난 장애물이 있는 곳
어떻게 대응할지 모른겠는 곳

익숙하지 않은 것들
전부가 새로운 것들
이곳이 아니었는데
내가 올 곳이 아니었는데

다시 올까

약속하고 떠났건만
소식 하나 없고

흐르는 시간 속에
그리움만 쌓이네

다시 온단 그 말은
지켜지지 않을까

다시 온단 그 말을
계속 믿어야 할까

어서 속히
그날이 오기를

다시 볼 수 있는
그날이 진정 오기를

고통을 받아들이며

시간의 흐름 속에
언제나 다가오는
그 고통은
강철 같은 마음이라도
파고들고 말지니

그대 저항하지 말고
버티지 마라
고통을 감내하고자
애쓰지 마라

그것은 자연스러운 것
예외 없는 것

멀리서 바라보면
지나가리니
그냥 받아들이고
지켜만 보라

블루투스

장난감인가 했더니
음악이 나오네

너무 이쁘고 귀여워
매일 가지고 다니리

손안에 쏙 들어가니
맘에도 쏙 드네

내가 원하는 음악을
마음껏 들려주네

베토벤, 모차르트
쇼팽의 녹턴까지

볼수록 이쁘고 귀여운
나만의 블루투스

좋아하지도 싫어하지도

더 이상 누구를
좋아하지도 싫어하지도 않으리

좋아하면 좋아하는 대로
싫어하면 싫어하는 대로

마음만 무겁고 힘들 뿐
그 이상도 그 이하도 아니었네

타인은 있고 없음의 존재일 뿐
좋아함과 싫어함의 대상이 아니었으니

나의 일체의 마음을 버리고
무위의 상태로
존재만의 상태로
그렇게 그 모든 것을 버리리라

미련 없이

이미 지나간 사실이건만
왜 이리 생각날까

미련이 남아서일까
아직 희망이 있어서일까

삶은 일부가 전부를
결정하지 않으리

미련도 희망도
다 소용없어라

물은 다시 담지 못하는 것
다시 돌이킬 수 없는 것

여정

어디서 왔을까
모든 것의 시작은

어디로 가는가
모든 것의 여정은

어디까지 가는가
모든 것의 끝남이

내가 있기에
나는 본다

그 머언 곳
내가 있을 곳

아주 먼 곳
내가 있어야 할 곳

땅끝

저 멀리 땅끝
지평선엔 무엇이

평안함과 생각 없음이
그리고 나의 현존이

다다를 수 없는 곳
아무도 없음이

모든 것을 떠나
홀로 있음이

나의 영혼의
자유로움이

많은 것으로부터
벗어남이

그냥 맡기고
흘러감이

다 내려놓고
떠남이

나 같지 않은 너

내가 너에게 해 준 만큼
너는 나에게 해 주지 않았지

내가 너를 좋아한 만큼
너는 나를 좋아하지 않았지

내가 너를 생각한 만큼
너는 나를 생각하지 않았지

내가 너를 그리워하는 만큼
너는 나를 그리워하지 않았지

내가 너를 위해 희생한 만큼
너는 나를 위해 희생하지 않았지

내가 너를 위해 일을 한 만큼
너는 나를 위해 일을 하지 않았지

나의 노력은 허무하고
나의 시간은 낭비였지

하지만 생각해 보니
어떤 사람에겐
내가 너 같은 존재일지도

난 그를 몰라주었네

세상은 그래서
돌고 도는 듯

어떤 공평과 공정은
존재하지 않는 듯

난 이제 그를 위해
너에게 쏟았던 만큼만이라도
주기 위한 여행을 떠나리

내가 할 수 없음에

나의 능력 밖임을
내가 할 수 없음을

하려 해도 안 됨을
내 영역이 아님을
바란다고 되지 않음을
발버둥 쳐도 소용없음을

이제는 알기에
그냥 맡기고 기다리리

꼭 그것이 아니어도
나의 삶은 가치 있으리

울고 싶도록 좋다

같이 있으니 너무 좋다

같이 식사를 하고
같이 차를 마시고
같이 산책을 하고

같이 편하게 이야기를
할 수 있는 것만으로도
눈물 나도록 너무 좋다

따스한 햇살을 같이
쬐이는 것만으로도

푸른 하늘을 같이
바라보는 것만으로도
더 이상 바랄 게 없다

같이 있는 것만으로도
울고 싶도록 좋다

기러기

시베리아로부터 수천리
그 먼길을 날아왔네

수많은 시간을 비행하며
죽을 고비도 많이 넘겼네

나이 많은 기러기
나이 적은 기러기
누구 하나 흐트러짐 없이
처음부터 끝까지 함께 했네

혼자서는 상상도
할 수 없었던 비행

같이 하니
이 멀리까지 올 수 있었네

두려움 없이

겁낼 거 하나 없네
어차피 예상 못한 일로 가득하니

바라지 않으리
쉽게 되는 건 하나도 없으니

가슴을 펴리라
어떤 일도 해봐야 하는 것

실패하면 어떠리
후회하는 것보단 나으니

당당하게 운명과 맞서리
어떠한 두려움도 없이

지은이 정태성

미국 캘리포니아대학 물리학 박사
스위스 제네바대학 박사후연구원
한신대학교 교수(2008~현재)
현대시선으로 등단,
시인이며 수필가이기도 하다.

저서: "Quantum Mechanics", "Classical Mechanics",
"우주의 기원과 진화", "과학의 위대한 순간들",
"뉴턴과 근대과학 탄생의 비밀", "대학물리학",
"대학물리학실험", "노벨상 나와라 뚝딱"
시집 "됨", "있음",
수필집 "삶에는 답이 없다", "행복한 책읽기"

블로그 https://blog.naver.com/pinokio5793

브런치 https://brunch.co.kr/@mnd0703

유튜브 행복한 책읽기
https://www.youtube.com/channel/UCSTKRqGaNMcf
QlXf7tt7DBw

유튜브 노벨상 나와라 뚝딱
https://www.youtube.com/channel/UCqYWOi5F2T9v
3n5xFaLFEAA

없음

정태성 시집 세 번째

초판 발행 2021년 9월 1일

지은이 정태성
펴낸이 정주택
펴낸곳 도서출판 코스모스
등록번호 414-94-09586
주소 충북 청주시 서원구 신율로 13
전화 043-234-7027
팩스 050-7535-7027

ISBN 979-11-967990-4-5

값 8,000원